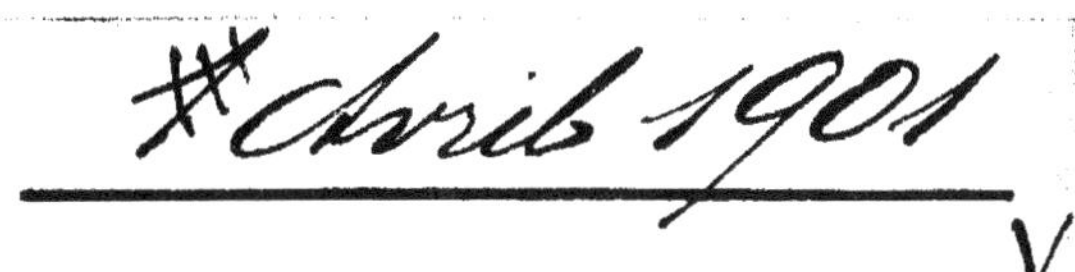

VENTE

DES MARDI 2, MERCREDI 3 & JEUDI 4 AVRIL 1901

HOTEL DROUOT, SALLE N° 6

à 2 heures

Collection de feu M. Edwin J. BRETT

ARMES & ARMURES

DES

XVIme, XVIIme & XVIIIme SIECLES

Me F. LAIR DUBREUIL
COMMISSAIRE-PRISEUR
Successeur de Me G. Duchesne
6, Rue de Hanovre

M. A. BLOCHE
EXPERT
Près la Cour d'Appel
28, Rue de Châteaudun, 28

EXPOSITIONS

PARTICULIÈRE
Le Dimanche 31 Mars 1901
de 3 heures à 6 heures

PUBLIQUE
Le Lundi 1er Avril 1901
de 2 heures à 6 heures

MÉNARD & CHAUFOUR
RUE MILTON
PARIS

CATALOGUE

DES

ARMES ET ARMURES

Françaises, Italiennes, Anglaises, Allemandes, Espagnoles,

Suisses et Orientales

DES

XVIe, XVIIe & XVIIIe SIÈCLES

FORMANT

la Collection de feu M. EDWIN J. BRETT

DONT LA VENTE AURA LIEU

Hôtel Drouot, Salle N° 6

LES MARDI 2, MERCREDI 3 ET JEUDI 4 AVRIL 1901

à deux heures

Mᵉ F. LAIR DUBREUIL
COMMISSAIRE-PRISEUR
SUCCESSEUR DE Mᵉ DUCHESNE
6 — Rue de Hanovre — 6

M. ARTHUR BLOCHE
EXPERT
PRÈS LA COUR D'APPEL
28 — Rue de Châteaudun — 28

Chez lesquels se distribue le présent Catalogue

EXPOSITIONS :

PARTICULIÈRE : Le Dimanche 31 Mars 1901, de 3 heures à 6 heures.

PUBLIQUE : Le Lundi 1er Avril 1901, de 2 heures à 6 heures.

ORDRE DES VACATIONS

Mardi 2 avril. — Armes européennes, Dagues, Epées, Armures, Casques, Hallebardes, Pertuisanes.

Mercredi 3 avril. — Armes européennes, Armures, Casques, Boucliers, Sabres, Epées, Rapières, Pistolets, Arquebuses, Lances, Fauchards, Fusils, Chanfreins.

Jeudi 4 avril. — Armes orientales, Objets divers, Lances, Fauchards, Epées, suite des Armes et Armures européennes, Vitrines, etc.

LE PRÉSENT CATALOGUE SE TROUVE A

Paris	Chez Me Lair Dubreuil, commissaire-priseur, successeur de Me Duchesne, 6, rue de Hanovre.
	Chez M. A. Bloche, expert près la Cour d'Appel, 28, rue de Châteaudun.
Londres	Chez M. F. Davis, 149, New Bond Street.
Rome	Galerie Sangiorgi, Palais Borghèse.
Florence	Chez M. Galli Dunn, 3, Piazza San Maria Novella.
Berlin	Chez M. Gérard van Aaquen, 22, Markgrafenstrasse.
Cologne	Chez MM. Bourgeois frères, Museumplatz.
Francfort-sur-Mein .	Chez MM. Goldschmidt, joailliers, 15, Kaizerstrasse.
—	Chez M. Altmann, 3, Am Salzhaus.
Munich	Chez M. Bernheimer, 3, Maximilien Platz.
Amsterdam	Chez M. J. Boasberg, 63, Kalverstraat.

CONDITIONS DE LA VENTE

La vente sera faite *expressément* au comptant.

Les acquéreurs payeront en sus des adjudications *dix pour cent*.

L'exposition mettant le public à même de se rendre compte de l'état des objets, il ne sera admis aucune réclamation une fois l'adjudication prononcée.

DÉSIGNATION

ARMURES

1 — Armure complète en fer uni, casque fermé à cimier, bourrelets à torsades. Italie, XVIe siècle.

2 — Armure complète cannelée dite maximilienne, casque forme tête d'animal fantastique. XVIe siècle.

3 — Armure complète dite maximilienne, casque à soufflet, bourrelets à torsades. Commencement du XVIe siècle.

4 — Armure complète dite maximilienne à fines cannelures, casque à soufflets. XVIe siècle.

5 — Armure complète dite maximilienne à épaulières, passe-gardes à cannelures et bourrelets à torsades, devant garni d'un porte-lance. XVIe siècle.

6 — Armure complète en fer uni et clouté, bourrelets à torsades Italie, XVIe siècle.

7 — Armure complète en fer uni à cloutage de cuivre, casque à visière saillante. Italie, XVIe siècle.

8 — Armure complète en fer uni et clouté, le devant de cuirasse gravé à figure du Christ et à armoirie, casque avec visière à soufflets. Allemagne, XVIe siècle.

9 — Demi-armure en fer clouté de cuivre, tassettes à lames découpées. France, XVIIe siècle.

10 — Demi-armure à bandes noires et blanches, à cardelettes repoussées, bourguignotte à oreillons. Suisse, XVIe siècle.

11 — Demi-armure à bandes noires et blanches, cloutée, morion à rosace fleurdelisée. Suisse, XVIIe siècle.

12 — Demi-armure en fer uni et clouté avec grands cuissards. France, XVIIe siècle.

13 — Demi-armure en fer uni et clouté, longs cuissards. France, XVIIe siècle.

14 — Demi-armure en fer uni, tassettes à lames découpées, casque à visière grillagée. France, XVIIe siècle

15 — Demi-armure en fer noirci et clouté, avec longs cuissards et casque grillagé. Allemagne, XVIIe siècle.

16 — Demi-armure en fer à cannelures, devant de cuirasse en pointe, casque bourguignotte. Suisse, XVIe siècle.

17 — Demi-armure en fer clouté à lamettes découpées, avec longs cuissards et casque à rayons repoussés. Allemagne, XVIIe siècle.

18 — Demi-armure en fer clouté avec larges tassettes, casque bourguignotte pointue. Allemagne, XVIIe siècle.

19 — Demi-armure en fer uni et clouté gros, bourrelets à cannelures torses, casque bourguignotte. Allemagne, XVIIe siècle.

20 — Demi-armure en fer uni et clouté, bourguignotte à cimier. Allemagne, XVIIe siècle.

21 — Demi armure composée d'un colletin, d'une cuirasse, d'un dos, de deux épaulières et d'un cabasset le tout en fer finement gravé et doré à dessin très délicat, représentant des lions héraldiques et des trophées d'attributs guerriers. Italie XVIe siècle.

22 — Devant de cuirasse en fer uni, avec bandes gravées, dorées et argentées à dessins d'entrelacs feuillagés. Italie XVIe siècle.

23 — Devant de cuirasse en fer gravé avec vestiges de dorure. Milan XVIe siècle.

24 — Devant de cuirasse en fer gravé à bandes rayées et feuillagées. Pise XVIe siècle.

25 — Devant de cuirasse en fer uni. Italie XVIe siècle.

26 — Petit devant de cuirasse en fer uni, collet à bourrelet. Italie XVIe siècle.

27 — Devant de cuirasse en fer cannelé, Autriche XVIe siècle.

28 à 35 — Huit devants de cuirasses en fer uni. Epoque Louis XIII. (Seront divisés).

36 à 44 — Neuf dossières en fer uni. Epoque Louis XIII. (Seront divisées).

CASQUES

45 — Casque d'archer en fer cannelé clouté de cuivre, avec long couvre nuque et oreillettes à lames découpées, garde face découpé à jour. Angleterre XVIIe siècle.

46 — Casque d'archer en fer cannelé et bourrelets gravés, clouté de cuivre. Angleterre XVIIe siècle.

47 — Casque d'archer en fer uni, garde face à grillage. Angleterre XVIIe siècle.

48 — Armet fermé en fer uni clouté, calotte sphérique. France, commencement du XVIe siècle.

49 — Armet fermé analogue.

50 — Casque fermé en fer uni et à bandes gravées, dorées et argentées, dessin à ornements feuillages, cimier à torsade. Italie XVIe siècle.

51 — Armet fermé en fer uni à bourrelet. France XVIe siècle.

52 — Casque fermé en fer à bandes blanches et noires. Allemagne XVIIe siècle.

53 — Casque fermé en fer noirci à bandes blanches, orné d'un double filet gravé, visière à grillage. Allemagne XVIIe siècle.

54 — Casque en fer cannelé et clouté de cuivre. France XVIIe siècle

55 — Casque en fer uni, collerette cloutée. France XVIIe siècle.

56 — Morion en fer uni à gros clous de cuivre. Allemagne XVIe siècle.

57 — Morion en fer repoussés à scènes de batailles, cimier à médaillons offrant des têtes de femmes. Italie XVIe siècle.

58 — Morion de forme pointue en fer uni, clouté de rosaces en cuivre Italie XVIe siècle.

59 à 70 — Douze morions en fer repoussé et noirci à rosaces et fleurs de lys. Suisse XVIIe siècle. (Seront divisés).

BOUCLIERS

71 — Bouclier rond à ombilic et pointe en fer gravé à trophées de guerriers au milieu d'entrelacs feuillagés. Allemagne XVIe siècle.

72 — Bouclier en fer repoussé représentaut une scène à nombreux personnages, bordures à mascarons et médaillons. Italie, XVIIe siècle.

73 — Bouclier en fer gravé et doré par compartiments, dessin à animaux et trophées guerriers. Italie, XVIe siècle.

74 — Bouclier à cannelures repoussées, bordure à torsade et cloutage. Autriche, XVIe siècle.

75 — Bouclier en fer gravé et doré par compartiments. dessin d'écailles, ornements et médaillons, Italie, XVIe siècle.

76 — Bouclier à pointe en fer orné de bandes gravées à ornements. Allemagne, XVIe siècle.

77 — Bouclier en fer uni clouté de cuivre. Italie XVIe siècle.

78 — Targe en fer découpé à rivets de cuivre rouge. Italie, XVe siècle.

ÉPÉES, RAPIÈRES, SABRES

79 — Épée à lame longue poinçonnée et inscription : *Giraldo Reli.* Garde à triples branches, quillons droits et pommeau à pans, le tout en fer damasquiné d'or et d'argent à feuillages. Italie, XVIe siècle.

80 — Épée avec lame à arête médiane incrustée d'argent au talon, garde en fer incrusté d'argent à branches courbes se rattachant au pommeau cannelé, quillons droits. Italie, XVIe siècle.

81 — Épée à lame longue et effilée, poinçonnée et à gouttières avec incriptions : *Ivan Martinez.* Garde à branches plates et courtes se rattachant au pommeau, le tout en fer ciselé et ajouré à chaînette. Fourreau en velours avec garniture de même travail. Italie, XVIe siècle.

82 — Sabre à lame large à gouttière avec inscription, poignée en bois à cannelures avec pommeau en fer ciselé à tête de lion, garde ajourée à tête d'homme. Italie, XVIIe siècle.

83 — Rapière Louis XIV à lame longue, poignée à pommeau ciselé, garde à corbeille ciselée et repercée à jour, quillons droits.

84 — Épée avec lame à gouttière et inscription, corbeille ajourée à animaux et volatiles au milieu de feuillages. Espagne, XVIIe siècle.

85 — Epée à longue lame large à gouttière, poignée avec pommeau ajouré, garde à quillons droits et remontants. Italie, XVIIe siècle.

86 — Epée de duel à lame longue et fine, gravée et inscription, poignée avec pommeau ciselé, garde ciselée et repercée à jour. Italie, XVIIe siècle.

87 — Rapière à large lame à gouttière poinçonnée, garde en fer gravé ornée de vestiges d'or avec plaques ciselées et ajourées en bronze doré à cariatides de femmes ailées au milieu de rinceaux, quillon recourbé en S. Italie, XVIIe siècle.

88 — Epée à lame longue à arête médiane, garde à corbeille repercée à jour à entrelacs, quillon droit à torsade. Espagne, XVIIe siècle.

89 — Epée à lame fine à gouttière, garde à branches courbes, quillons droits, pommeau cannelé. Italie, XVIIe siècle.

90 — Sabre allemand avec lame portant l'inscription : *Solingen* et *Me fecit*, fusée en corne brune, pommeau en fer forme boule, garde à branche et coquille, quillon en S. XVIIe siècle.

91 — Rapière à lame longue et fine poinçonnée, garde à trois branches, quillon droit, fusée garnie de cuir. Italie, XVIe siècle.

92 — Rapière avec lame à gouttière, pommeau ciselé à feuillage, garde à branches courbes, avec applique finement repercée à jour, offrant des rosaces, quillon en S. Italie, XVIIe siècle.

93 — Epée à large lame à cannelure, fusée garnie de cuir, pommeau à quatre pans gravés, garde à branches, quillons droits en éventail. Saxe, XVIIe siècle.

94 — Epée à large lame double, gouttière poinçonnée, garde finement

ciselée et incrustée d'argent à sujets mythologiques sur fond d'or, pommeau à mascaron, quillon courbe et remontant vers le pommeau. Italie, XVIe siècle.

95 — Epée à lame longue à gouttière poinçonnée au loup, garde à trois branches courbes, quillon droit, pommeau cannelé. Italie, XVIe siècle.

96 — Epée avec lame à gouttière, garde et pommeau en fer incrusté d'argent par compartiments, dessin à arabesques séparées par des cannelures rehaussées d'or, quillon courbe. Italie, fin du XVIe siècle.

97 — Epée à lame étroite à arête médiane, gravée près du talon, garde à corbeille repercée à jour, branches courbes, quillons en sens inverse, pommeau à pans. Italie, XVIIe siècle.

98 — Epée tout en fer gravé avec vestiges de dorure, lame gravée et dorée, pommeau et fusée de forme hexagonale avec anneau de garde, quillons droits en spatule. Italie, XVIe siècle.

99 — Epée à lame large à gouttière poinçonnée, garde à branche courbe avec applique repercée à jour, pommeau octogonal, quillons courbés. France, XVIIe siècle.

100 — Epée à lame effilée, garde à corbeille repercée à jour offrant des entrelacs à rosaces, quillons droits, pommeau plat à torsade. Espagne, XVIIe siècle.

101 — Epée à lame longue avec inscription, garde à corbeille ajourée à médaillons et ornements, pommeau ajouré. XVIe siècle.

102 — Epée schiavonne à large lame, garde à trois galeries ajourées, fusée en cuir cerclé, pommeau en bronze à mascarons. Italie, XVIIe siècle.

103 — Epée d'arçon à large lame poinçonnée, quillons courbés en S, garde avec branches à arêtes médianes, fusée en cuir, pommeau à pans. Italie, XVIe siècle.

104 — Rapière à longue lame à arête médiane, garde à corbeille profonde avec plaque intérieure en fer repercé à jour, dessin offrant des attributs d'armes et des entrelacs feuillagés, quillon droit, pommeau plat. Italie, XVIIe siècle.

105 — Epée à lame poinçonnée et inscription : Antonio Picini, garde à trois branches courbes, quillon droit, pommeau ovoïde. Italie, XVIe siècle.

106 — Epée avec lame longue à gouttière, portant l'inscription : *Non con fondati neternon in te domini speravi.* Garde à trois branches à pans et pommeau en fer entièrement damasquiné d'or et d'argent Italie, XVIe siècle.

107 — Epée avec lame à gouttière, corbeille profonde ajourée et gravée, quillons droits à torsade, pommeau cannelé. Italie, XVIIe siècle.

108 — Rapière à lame longue, garde à branches recourbées avec appliques forme coquilles, quillons en S se terminant en torsade, pommeau à pans. Espagne, XVIIe siècle.

109 — Epée à large lame poinçonnée au loup, garde plate à coquille repercée à jour, dessin à étoile, fusée cannelée, pommeau rond. Espagne, XVIIe siècle.

110 — Epée dite schiavonne à triple galerie ajourée, pommeau en bronze, lame large marquée au loup. Italie, XVIIe siècle.

111 — Sabre avec lame à dos et triple gouttière, garde en fer à quillons en S se terminant en pomme de pin, branches courbes, pommeau clouté. Allemagne, XVIIe siècle.

112 — Epée à large lame plate poinçonnée, quillons droits, pommeau plat. Italie, XVIIe siècle.

113 — Epée à lame étroite à gouttière, garde à branches courbes avec coquilles ajourées, pommeau à pans. Italie, XVIIe siècle.

114 — Epée avec lame poinçonnée à arête médiane, garde à double coquille en fer incrusté d'argent à dessin délicat, offrant des arabesques, pommeau à côtes tournantes, quillon en S se terminant en coquilles plates, fourreau en velours avec garniture de même travail. Italie, XVIIe siècle.

115 — Epée avec lame étroite à arête médiane, garde à trois branches courbes, pommeau à pans. Italie, XVIe siècle.

116 — Epée à lame longue effilée avec inscription, garde à corbeille repercée à jour avec plaque d'intérieur, quillons droits se terminant en torsade, fusée à spirale, pommeau ajouré. Style espagnol du XVIIe siècle.

117 — Epée à lame fine à gouttière, garde, à corbeille ajourée à volatiles et ornements, quillons droits à facettes, pommeau ciselé. Italie, XVIIe siècle.

118 — Rapière à lame longue à arête médiane, garde profonde à coquille finement repercée à jour offrant des rinceaux feuillagés, quillons en S, fusée à lamettes, pommeau. Portugal, XVIIe siècle.

119 — Rapière avec large lame à gouttières portant l'inscription : *Pace Porto Guera Guercho*. Garde à corbeille profonde repercée à jour, dessin à rinceaux et feuillages, quillons longs et droits se terminant en torsade, pommeau ciselé. Italie, XVIIe siècle.

120 — Epée à lame étroite à gouttière et inscription, garde à branches courbes avec coquille gravée, quillons droits se terminant en boule, pommeau gravé. Espagne, XVIIe siècle.

121 — Epée avec longue lame à gouttière, garde à branches courbes fusée en bois, pommeau à pans. Allemagne, XVIIe siècle.

122 — Epée avec lame à triple gouttières, gardes en branches courbes, pommeau ovoïde. Italie, XVIIe siècle.

123 — Epée avec lame à gouttière et inscription, branches courbes, quillons droits, pommeau à pans. Italie, XVIIe siècle.

124 — Epée à lame fine poinçonnée, pommeau à tête casquée, garde à anneau avec figure équestre, quillons terminés en têtes casquées, le tout incrusté d'argent. Italie, XVIe siècle.

125 — Epée à lame fine à gouttière avec inscription : *Sagum el Uiego Sagnum*, garde à corbeille dentelée, repercée à jour par compartiments, dessin à arabesques, quillons droits à torsades, pommeau ajouré Espagne, XVIIe siècle.

126 — Epée à large lame plate avec inscription: *Johannis Zuchini*, garde plate ajourée, quillons en S de forme aplatie, pommeau gravé. Italie, XVIIe siècle.

127 — Epée de duel à lame avec arète médiane, garde en fer repoussé à médaillons de personnages et feuillages, quillons droits, pommeau ciselé à bustes de personnages. Italie, XVIIe siècle.

128 — Epée avec lame à gouttière, garde à coquilles, quillons recourbés, pommeau à spirales, fusée en cuir. Espagne, XVIIe siècle.

129 — Rapière à lame triangulaire, garde à corbeille ajourée, bourrelet à torsade, quillons droits se terminant par des têtes d'animaux, pommeau ciselé à fruits. Italie, XVIIe siècle.

130 — Epée avec large lame à gouttière portant l'inscription : Andréa Ferara, garde ciselée à têtes de personnages, à trois branches se rattachant au pommeau ciselé. Italie, XVIIe siècle.

131 — Epée à lame plate, garde à double anneau avee coquille ajourée, quillons en fleurs de lys, pommeau carré. Italie, XVIIe siècle.

132 — Epée avec lame à double gouttière et inscriptions, garde à coquille ciselée, quillons et branches à boules ciselées. Italie, XVIIe siècle.

133 — Epée en fer clouté d'argent, pommeau et fusée à cannelures, quillons plats remontant, fourreau en cuir. Italie, XVIIe siècle.

134 — Epée de cour à lame effilée avec inscription, garde à coquilles

incrustées d'argent avec médaillons à bustes de femmes et ornements, pommeau cannelé. France, XVIIIe siècle.

135 — Épée avec lame à goutière, poinçonnée, garde et pommeau en fer finement ciselé à personnages, mascarons et ornements sur fond d'or, branches et quillons recourbés, pommeau ovoïde. Italie, XVIIe siècle.

136 — Epée à lame plate poinçonnée avec arète médiane, quillons et branches recourbés, pommeau aplati, fusée en bois à pans. Italie, XVIe siècle.

137 — Épée à lame avec arète mediane, garde à anneau et pommeau incrusté d'argent à petits personnages, fusée en filigrane tressé. Italie, XVIIe siècle

138 — Épée avec lame à dos à double gouttières et inscriptions, garde en fer ciselé à médaillons têtes de guerriers, branches courbes se rattachant au pommeau ciselé.

139 — Épée schiavonne à large lame, garde à galerie en fer en partie gravé, pommeau en bronze à rosace. Italie, XVIIe siècle.

140 — Épée avec lame à double gouttière ajourée portant l'inscription : *Ivan Martinez en Toledo*, garde ciselée et repercée à jour offrant des mascarons au milieu d'entrelacs feuillagés, quillons courts terminés en olive, pommeau ovoïde à fines rayures. Italie, XVIIe siècle.

141 — Épée avec large lame poinçonnée à double gouttières à jour et portant une inscription, garde en fer incrusté d'argent à arabesques, fusée et pommeau cannelé, quillons en S. Italie, XVIe siècle.

142 — Epée à lame flamboyante poinçonnée aux trois têtes de roi et portant l'inscription : *Morgenland Hispania.* Garde à branches torses ornées de boules à spirales, pommeau rectangulaire à cannelures, fusée recouverte de cuir. Italie, XVIIe siècle.

143 — Epée avec lame à gouttière et inscription : *Isepo Cinam*, garde en fer repercé à jour, quillon remontant au pommeau ciselé à godrons et perles. Italie, XVIIe siècle.

144 — Epée avec large lame plate à gouttière et poinçons, garde à double anneau, quillon aplati, pommeau conique en fer ciselé à ornements feuillagés sur fond d'or, fusée à côtes tournantes. Italie, XVIe siècle.

145 — Epée schiavonne avec lame à gouttière, garde à galerie en fer incrusté d'argent, pommeau en argent doré à têtes de femmes laurées, fourreau en cuir noir garni d'argent. Italie, XVIe siècle.

146 — Epée d'arçon avec lame à triple gouttières dans toute sa longueur, garde à double anneaux, quillons aplatis recourbés, pommeau à pans, le tout en fer pointillé d'argent, fusée en bois à torsade. Italie, XVIe siècle.

147 — Rapière à lame fine à double gouttières, garde corbeille profonde repercée à jour et repoussée ornée de médaillons à sujets guerriers et allégoriques à la Force et à la Justice, quillons droits, pommeau ciselé. Italie, XVIe siècle.

148 — Épée à large lame plate, triple gouttières, garde à branches ajourées et cannelées, pommeau ciselé à galerie, quillon en S. Italie, XVIIe siècle.

***

149 — Epée avec lame à gouttière, garde à branches et quillons recourbés, pommeau ovoïde à pans. Italie, xviie siècle.

150 — Sabre à large lame poinçonnée et gravée, garde à branches courbes entrelacées, quillons en S se terminant en boules cloutées, pommeau à feuillage et cloutage, fusée en galuchat noir. Allemagne, xviie siècle.

151 — Epée avec lame à gouttière, quillons et branches à pans, pommeau cônique. Italie, xvie siècle.

152 — Epée à longue lame à gouttière, garde à coquilles ajourées, quillons terminés en volutes, pommeau rayé. Espagne, xviie siècle.

153 — Epée à large lame plate à double gouttière, quillons droits, branches courbées, pommeau ovoïde. Italie, xviie siècle.

154 — Epée avec lame à arête médiane, garde à corbeille profonde ciselée et repercée à jour à animaux et volatiles au milieu de rinceaux et de trophées guerriers, quillons droits, pommeau ciselé à animaux. Italie, xvie siècle.

155 — Forte épée d'arçon à lame large, garde à coquilles ajourées, quillons droits et aplatis, pommeau à pans, fusée recouverte de filigrane de cuivre. Allemagne, xviie siècle.

156 — Epée à lame flamboyante, garde à fortes coquilles, quillons droits, pommeau à pans. Italie, xviie siècle.

157 — Epée à lame longue et étroite à gouttière et inscriptions, garde

dite squelette et coquille repoussée, pommeau ovoïde à pans. Italie, xvie siècle.

158 — Epée avec lame à gouttières ajourées, garde à coquilles repercées à jour, dessin à entrelacs feuillagés, quillons en S, pommeau à pans ciselés, fusée en galuchat vert. xviie siècle.

159 — Epée à lame longue et fine, garde à corbeille ajourée, dessin à entrelacs feuillagés, quillons droits se terminant en torsades, pommeau canr. en spirales. Italie, xviie siècle.

160 — Epée avec lame à gouttière, garde à branches et quillons plats. Italie, fin xvie siècle.

161 — Epée avec lame poinçonnée et à gouttière, garde à branches et quillons plats et recourbés, en partie ciselés par bandes, pommeau ciselé à têtes casquées. Italie, xvie siècle.

162 — Epée avec lame longue à arète médiane, garde à corbeille repercée à jour offrant des oiseaux au milieu de feuillage, quillons droits, pommeau ciselé. Espagne, xviie siècle.

163 — Epée avec lame plate à gouttière dans toute la longueur, garde à branches plates pointillées, quillons droits, fusée à torsades. Italie, xviie siècle.

164 — Epée d'arçon à lame gravée, quillons courbés se terminant en boules aplaties, pommeau à spirales gravées. Italie, xvie siècle.

165 — Epée d'arçon, lame large et plate, garde à double anneau,

quillon droit terminé en torsade, pommeau en spirales. Italie, xvie siècle.

166 — Epée à deux mains, lame poinçonnée à triple gouttière, garde à double anneau et quillons aplatis en fer repercé à jour à têtes d'hommes casqués et feuillages, fuseau en velours et franges, pommeau ciselé à figures de guerriers. Italie, xvie siècle.

167 — Epée à deux mains, large lame poinçonnée avec inscription : *Jésus Maria*, garde à double anneau ajouré, quillons et pommeau aplatis, fusée garnie de cuir. Allemagne, xvie siècle.

168 — Epée à deux mains à lame large à arête médiane, garde et quillons en fer se terminant par des enroulements, fusée cloutée, pommeau à pans. Suisse, xvie siècle.

169 — Epée à deux mains avec lame flamboyante, garde à double anneau et quillons plats, fusée garnie de cuir, pommeau forme boule. Suisse, xvie siècle.

170 — Epée avec lame à gouttière et inscription, garde à coquille offrant des animaux et des volatiles, quillons droits, pommeau cannelé. Italie, fin xviie siècle.

171 — Petite épée de cour, lame à gouttière, garde à double coquilles ajourées, pommeau cannelé, France, viie siècle.

172 — Epée avec lame à gouttière et inscription, garde en fer à enroulements, branches recourbées, pommeau plat à rayures. Italie, xviie siècle.

173 — Lame courbe en acier. Italie, xviie siècle.

DAGUES

174 — Langue de bœuf, garde en fer gravé en corne, encastré de fer gravé. Italie, XVIIe siècle.

175 — Main gauche garde en fer ciselé à branchages, quillons droits, pommeau à torsade cannelée. Espagne, XVIIe siècle.

176 — Dague avec lame à gouttière ajourée, quillon courbe, pommeau en fer incrusté d'argent. Italie, XVIIe siècle.

177 — Dague, lame à cannelures, quillons droits, pommeau cannelé. Italie, XVIe siècle.

178 — Deux stylets en fer, gardes à torsades cannelés. Italie, XVIe siècle.

179 — Poignard lame ciselée et repercée à jour au talon, manche en corne cloutée et garnie d'argent. Espagne, XVIIe siècle.

180 — Dague à lame triangulaire, quillons recourbés, anneau de garde, orné de pierreries, pommeau ciselé, fourreau gravé à attributs guerriers avec sa chaîne, le tout en argent. Hongrie, XVIIe siècle.

181 — Poignard avec manche en bronze ciselé et argenté représentant un squelette, fourreau en cuir garni d'attributs ciselés.

HALLEBARDES, LANCES, PERTUISANES

FAUCHARDS

182 — Petite hallebarde de palais en fer découpé finement inscrusté d'argent et damasquiné d'or, dessin à arabesques et rinceaux, feuillages. France, XVIIe siècle.

183 — Porte-mèches d'artillerie en fer ciselé découpée ajoure à mascarons et ornements, hampe recouverte de velours. Italie, XVIe siècle.

184 — Hallebarde en fer à pointe quadrangulaire. Allemagne, XVIe siècle.

185 — Hallebarde en fer uni repercé de trous, pointe quadrangulaire. Allemagne, XVIe siècle.

186 — Hallebarde en fer à pointe quadrangulaire. Allemagne, XVIe siècle

187 — Hallebarde en fer découpé à pointe quadrangulaire, hampe garnie de velours rouge clouté de cuivre. Allemagne, XVIe siècle.

188 — Hallebarde en fer à tranchant droit et pointe quadrangulaire. Allemagne, XVIe siècle.

189 — Esponton en fer découpé, gravé et incrusté d'argent. Italie, XVIe siècle.

190 — Hallebarde en fer gravé à chiffre et couronne. Allemagne, XVIIe siècle.

191 — Hallebarde en fer finement gravé, offrant de chaque côté un hallebardier, des ornements feuillagés et une inscription. Allemagne XVIIe siècle.

192 — Hallebarde en fer gravé à ornements, armoiries, inscription et date 1590. Allemagne.

193 — Hallebarde en fer uni, à pointe quadrangulaire. Allemagne, XVIe siècle.

194 — Hallebarde en fer uni, a longue pointe quadrangulaire. Allemagne XVIe siècle.

195 — Hallebarde à tranche droite et pointue quadrangulaire. Allemagne, XVIe siècle.

196 — Petite hallebarde en fer découpé, à figures d'oiseaux chimériques, douille et lame gravées. Italie, XVIe siècle.

197 — Hallebarde à lame longue et large poinçonnée, hampe cloutée de rosaces de cuivre Allemagne, XVIe siècle.

198 — Hallebarde en fer découpé, à longue pointe. Italie XVIe siècle.

199 — Hallebarde en fer à lame plate. Allemagne, XVIe siècle.

200 — Esponton en fer, douille à pans. Italie. XVIIe siècle.

201 — Hallebarde à longue pointe quadrangulaire, fer à sept pointes. Suisse, XVIIe siècle.

202 — Hallebarde en fer, lame à arête médiane. Allemagne, XVIIe siècle.

203 — Hallebarde en fer à longue pointe quadrangulaire, hampe garnie de velours et cloutée de cuivre. Allemagne, XVIe siècle.

204 — Hallebarde à longue lame, en fer repercé à jour. Allemagne, XVIe siècle.

205 — Pertuisane en fer à lame gravée, offrant des personnages au milieu d'ornements feuillagés, hampe cloutée de cuivre. Italie, XVIe siècle.

206 — Hallebarde à longue pointe quadrangulaire en fer repercé de trous. Italie XVIe siècle.

207 — Hallebarde à tranchant en fer, pointe quadrangulaire. Italie, XVIe siècle.

208 — Hallebarde à longue pointe quadrangulaire, tranchant en croissant. Italie, XVIe siècle.

209 — Hallebarde en fer découpé, pointe à lame plate. Italie, XVIe siècle.

210 — Pertuisane en fer uni Italie, XVIe siècle.

211 — Couteau de brèche en fer gravé près du talon et repercé de rosaces. Italie, XVIe siècle.

212 — Couteau de brèche en fer gravé et doré à figures de Neptune, trophées militaires et armoiries. Italie, XVIe siècle.

213 — Fauchard à deux crocs en fer gravé. Italie, XVIe siècle.

214 — Grande lance de tournoi, avec rondelle en fer clouté et bourrelets à torsades. Italie, XVIe siècle.

215 — Deux lances à pointes triangulaires creuses, portant des vestiges de dorure. Italie, XVIIe siècle.

ARQUEBUSES ET FUSILS

216 — Arquebuse en bois tout incrusté d'ivoire et de nacre gravés à figures de guerriers, animaux et motifs ornementés ; batterie à rouet en fer découpé, canon à pans. Allemagne, XVIe siècle.

217 — Arquebuse à rouet en bois, tout incrusté d'ivoire gravé, dessin à sujets de chasse, platine gravée. Allemagne, XVIe siècle.

218 — Arquebuse à rouet en bois incrusté de filets et de mascarons à têtes fantastiques en ivoire gravé, platine et batterie à double chien en fer découpé et gravé, couvre-rouet en cuivre gravé et doré. Allemagne, XVIe siècle.

219 — Arquebuse en bois incrusté d'ivoire gravé à personnages et sujets de chasse, platine gravée avec batterie à rouet, canon à pans poinçonné. Allemagne, XVIIe siècle.

220 — Arquebuse en bois incrusté d'ivoire gravé offrant des groupes d'animaux et des scènes de chasse, batterie à rouet, canon à pans. Allemagne, XVIIe siècle.

221 — Arquebuse en bois orné de plaquettes et de filets en ivoire gravé, batterie à rouet, canon avec inscription : *Comte de Fleming*. XVIIe siècle.

222 — Arquebuse en bois orné d'appliques en ivoire gravé, offrant sur la crosse une chasse à l'ours, batterie à rouet, canon avec inscription : *Aspar Escher anno 1668.*

223 — Arquebuse pied de biche en bois incrusté d'ivoire et de nacre gravé offrant des animaux au milieu de rinceaux, canon de Damas ciselé et incrusté d'argent, batterie à rouet en fer gravé avec appliques en cuivre gravé. Allemagne, XVIIe siècle.

224 — Arquebuse pied de biche en bois finement incrusté d'ivoire et de nacre gravé à animaux et rinceaux, batterie à rouet en fer gravé portant des vestiges de dorure, canon gravé. Italie, XVIIe siècle.

225 — Fusil en bois tout incrusté d'ivoire à animaux et têtes fantastiques, batterie à pierre, canon à pans. Espagne, XVIIe siècle.

226 — Fusil en bois entièrement recouvert de fer ciselé à arabesques feuillagées, batterie à pierre Sardaigne. XVIIe siècle.

227 — Fusil presque analogue et de même travail que le précédent.

228 — Fusil en bois finement incrusté de fer offrant des personnages

au milieu d'élégants rinceaux, batterie à pierre avec platine gravée. Italie XVIIe siècle.

229 — Fusil à crosse en bois finement sculpté représentant d'un côté le dieu Mars au milieu d'attributs guerriers, de l'autre côté une scène de bataille, avec armoirie peinte dans un médaillon entouré de drapeaux, batterie à pierre, canon avec inscription : *Michael Has* 1663.

230 — Fusil à pierre en bois sculpté, garni de fer et de cuivre ciselé à armoiries et personnages, platine et canon poinçonnés avec inscription : *Bartolomees Droogbroot a Utrecht*, XVIIe siècle.

231 — Fusil en bois garni d'argent avec armoirie et contre-platine représentant un dieu assis dans un char traîné par des lions, batterie à pierre, canon poinçonné. Italie XVIIe siècle.

232 — Fusil en bois sculpté, canon avec inscription : *In Forchtenstein*. Allemagne XVe siècle.

233 — Petit fusil en bois sculpté, canon à pans. XVIIe siècle.

234 — Fusil en bois sculpté, batterie à pierre platine gravée portant l'inscription : *Georg Rubl in Hag*. Allemagne XVIIe siècle.

235 — Fusil en bois garniture en cuivre à médaillons, figures de femmes, batterie et platine en fer gravé et doré, canon à pans incrusté d'or et d'argent. Allemagne XVIIe siècle.

236 — Arquebuse en bois sculpté à scènes de chasse, garniture en cuivre, batterie à rouet, platine gravée à personnages et inscription :

Joseph Mayr in Yhnsbrugg, canon avec inscription : *Franz Schalgl in Innsbruck*. XVIIe siècle.

237 — Fusil de rempart à large crosse en bois incrusté d'ivoire gravé offrant des dauphins et des scènes de chasse, platine et batterie à pierre entièrement gravées. Allemagne. XVIIe siècle.

238 — Canardière à rouet en bois incrusté de rinceaux très délicats en fer et de rondelles en nacre. France, XVIIe siècle.

239 — Canardière en bois avec applique en ivoire gravé. Allemagne, XVIIe siècle.

240 — Fusil de rempart à crosse en bois sculpté à rocailles, canons à pans avec inscription : *Andrea Hauer in Wirzburg*. XVIIIe siècle.

241 — Fusil de rempart canon rayé. XVIIe siècle.

242 — Fusil de rempart, canon avec inscription : *J. Zubrod à Cronberg*. XVIIe siècle.

PISTOLETS

243 — Paire de pistolets à rouet en bois incrusté de fer gravé repercé à jour, platine en fer gravé parties dorées, canons cannelés et dorés portant l'inscription : *Lazarino Cominazo*. Italie, XVIIe siècle.

244 — Paire de pistolets à rouet en bois orné d'incrustations gravées.

calotte en cuivre doré, platine en fer gravé avec vestiges de dorure canons à pans en partie gravé et doré. Italie XVIIe siècle.

245 — Pistolet à rouet en bois sculpté à sujets de chasse, canon en fer ciselé à figures de femmes, platine poinçonné. Italie, XVIIe siècle.

246 — Paire de pistolets en bois incrusté de cuivre et de fer gravés, crosses entièrement recouvertes de cuivre ciselé à animaux et entrelacs, feuillages, platines et batteries en fer ciselé, canons finement gravés dans toute leur longueur. On lit près de la sous-garde l'inscription : *Lipus Spinodus Fecit*. Italie XVIIe siècle.

247 — Paire de pistolets en bois incrusté d'argent gravé à animaux et oiseaux chimériques au milieux de rinceaux feuillagés, canons poinçonnés incrustés de cuivre et d'argent. Espagne XVIIe siècle.

248 — Pistolet à double rouets en bois incrusté d'ivoire gravé, crosse terminée par une boule. Allemagne XVIe siècle.

249 — Pistolet à rouet en bois presque entièrement incrusté d'ivoire gravé à figures de saints, chiens courants et têtes de guerriers; canon et platine en fer finement gravé et doré. Saxe XVIe siècle.

250 — Pistolet à rouet, tout en fer gravé et dessins argentés et dorés ; batterie en fer gravé, crosse se terminant en boule. Italie XVIIe siècle.

251 — Paire de pistolets à pierre, en bois tout incrusté d'ivoire et de de nacre gravée à personnages, animaux et volatiles, canon en fer en partie gravé et doré. Allemagne XVIIe siècle.

252 — Paire de pistolets à pierre en bois garni d'or ciselé à attributs

guerriers, batterie en fer ciselé avec vestiges d'or, platines signées WILSON, canons poinçonnés. Angleterre XVIIe siècle.

253 — Paire de pistolets en bois sculpté garni d'argent gravé, canons avec inscription : *Quibet en Madrid. Ann.* 1719.

254 — Pistolets à pierre en bois garni de fer, offrant sur la crosse un écusson. Italie XVIIe siècle.

OBJETS DIVERS

255 — Service de chasse contenu dans une gaîne en cuir et composé : d'un couteau de chasse, d'un petit couteau et d'une petite fourchette ; manches en bois enrichis de pierres de couleurs, monture en argent ciselé et doré. Travail anglais.

256 — Olifant en ivoire sculpté, décor représentant des enfants et des chiens chassant des sangliers au milieu de branchages et de fleurs. Travail attribué au XVIIe siècle.

257 — Olifant en ivoire sculpté, décor à armoiries, buste d'homme, mascarons et tête de chien. Travail attribué au XVIIe siècle.

258 — Chanfrein en fer finement repoussé et ciselé sur fond doré offrant en bas-relief des guerriers ; des mascarons et cariatides d'amours au milieu d'élégants rinceaux feuillagés. Italie XVIe siècle.

259 — Chanfrein en fer clouté et repoussé à cannelures et torsades sur fond gravé à feuillages. Allemagne xvie siècle.

260 — Paire de ganteletsen fernoirci,bandes blanches.Suisse xvii^e^siècle.

261 — Gantelet formant brassard en fer uni et clouté. Allemagne xvie siècle.

262 — Cinq gantelets en fer clouté. Allemagne xviie siècle.

263 — Paire d'épaulières en fer clouté. Italie xvie siècle.

264 — Cinq tassettes en fer clouté. Italie xvie siècle.

265 — Lot composé de trois coudières, deux avant bras et une partie d'épaulière, xviie siècle.

266 — Trois colletins et un fragment en fer clouté, xvie siècle.

267 — Milieu de cubitière en fer cannelé. Autriche xvie siècle.

268 — Cinq cuissards en fer clouté, xvie siècle.

269 — Partie d'armure en fer cannelé clouté de cuivre composé de deux tassettes, une cubitière deux pièces de cuirasses. Italie xvie siècle.

270-271 — Deux canons en bronzes à dauphins, montés sur affuts à deux roues. Epoque Louis XIV.

272 — Paire d'étriers en métal ciselé et argenté à têtes de chérubin au milieu de grappes de raisin. Espagne XVIIe siècle.

273 — Paire d'étriers en fer repercé à jour incrusté de cuivre et d'argent. Espagne XVIIe siècle.

274 — Paire d'étriers en bronze à cariatides de satyres. Italie XVIe siècle.

275 — Deux mors en fer forgé, XVIIe siècle.

276 — Petite hachette en fer, manche en cuivre contenant trois lames, XVIIe siècle.

277 — Hache en fer finement gravé, partie de manche également gravé. Italie XVIIe siècle.

278 — Hache en fer, hampe en bois clouté. Italie XVIIe siècle.

279 — Fléau d'armes en fer gravé, XVIe siècle.

ARMES ORIENTALES

280 — Corcelet composé de quatre pièces accompagnées de deux brassards en fer à bordure damasquinée d'or. Perse XVIIe siècle.

281 — Casque et brassard en fer gravé et incrusté d'or et d'argent. Perse XVIIIe siècle.

282 — Deux brassards en fer incrusté d'or. Perse XVIIIe siècle.

283 — Rondache en fer gravé et doré, orné de quatre bossettes matelassure en velours vert brodé. Perse XVIIIe siècle.

284 — Deux rondaches en cuir peint et laqué à ornements, orné de rosaces en cuivre et en argent. Perse XVIIe siècle.

285 — Deux petites rondaches en cuir peint et laqué à bossettes en argent. Perse, XVIIe siècle.

286 — Grand bouclier en cuivre gravé. Maroc, XVIIe siècle.

287 — Deux petites rondaches en fer et en cuivre montées sur des cornes se terminant par des pointes en fer. Turquie. XVIIIe siècle.

288 — Sabre indien à garde en fer damasquiné d'or, lame en damas fin enchâssée de fer damasquiné d'or, fourreau en velours vert brodé. XVIIe siècle.

289 — Sabre indien à lame courbe de Damas avec caractères, poignée en fer finement incrusté d'or, fourreau en velours rouge à garniture en fer incrusté d'or. XVIIe siècle.

290 — Sabre indien à large lame courbe, poignée entièrement recouverte d'or, dessin à feuillages, fourreau en velours vert. XVIIe siècle.

291 — Sabre à lame courbe avec poignée se terminant en tête de per-

roquet, en argent doré et émaillé à fleurs, fourreau en cuir repoussé et doré avec garniture en argent doré et émaillé. Perse, XVIIe siècle.

292 — Yatagan à lame damasquinée d'or, poignée en dent de morse garnie de cuivres ciselés, fourreau en cuivre repoussé, argenté et doré à fleurs. XVIIe siècle

293 — Couteau turc à poignée en ivoire, fourreau garni d'argent doré et émaillé sur fond bleui et vert à fleurs. XVIIe siècle.

294 — Couteau à lame bleue et dorée, poignée et fourreau en vermeil finement repoussé à petits sujets de chasse. Perse, XVIe siècle.

295 — Couteau indien à petite lame large gravée et dorée, long manche en cuivre répoussé, attache à tête d'éléphant, fourreau en cuivre repoussé à fleurs. XVIIe siècle.

296 — Hache en fer bleui et damasquiné d'or, manche en fer complètement recouvert de vermeil ciselé à branchages fleuris. Inde, XVIIIe siècle.

297 — Hache en fer garnie de cuivre gravé et doré, manche damasquiné d'argent renfermant un petit couteau. Inde XVIIIe siècle.

298 — Hache turque en fer damasquiné d'or. XVIIe siècle.

299 — Crochet de cornac en fer bleui et incrusté d'or à petits ornements, manche renfermant une petite lame. Inde XVIIe siècle.

300 — Paire de pistolets en bois garni d'appliques en argent ciselé à cloutage et orné de coraux, batterie à pierre. Turquie, XVIIe siècle.

301 — Armure japonaise complète.

VITRINES

302 — Sous ce numéro seront vendues les vitrines, les montants, porte fusils et panoplies.

Paris. — Imprimerie Ménard et Chaufour, 8-10, rue Milton.

RED. :

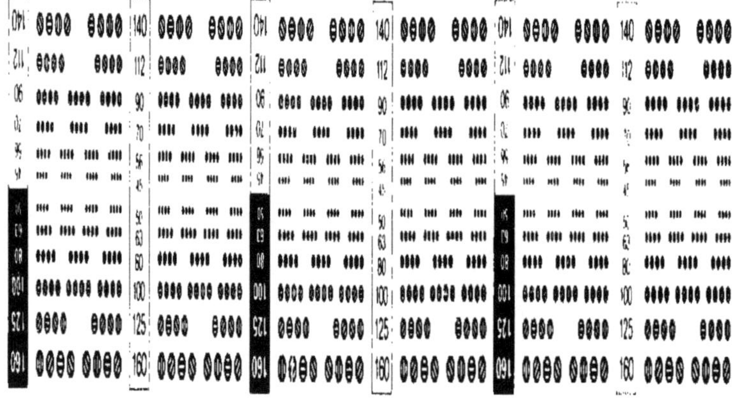

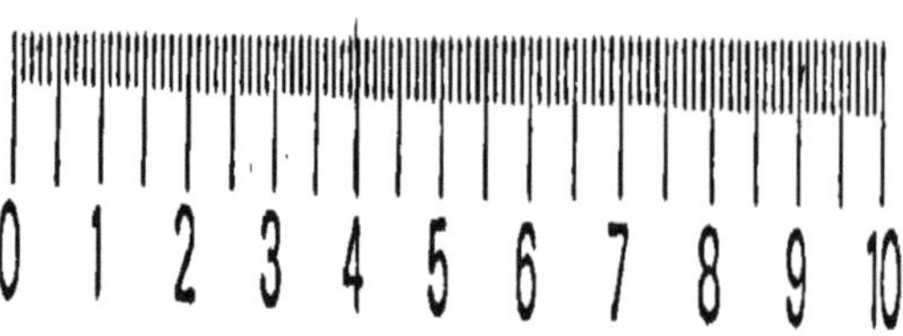

www.ingramcontent.com/pod-product-compliance
Ingram Content Group UK Ltd.
Pitfield, Milton Keynes, MK11 3LW, UK
UKHW021039180726
13838UKWH00004B/1907